**TUDO TEM PRINCÍPIO E FIM**

# MARINA COLASANTI

## TUDO TEM PRINCÍPIO E FIM

1ª edição

Para a amada "neta" Valentina,
que veio acrescentar seu brilho à nossa família.

# ENTRE
## O FIM
## E O PRINCÍPIO

### ASSIM, SEM FIM

A chuva vai pro bueiro
a maçã cai de madura
da flor não fica nem cheiro
o dia passa e não dura.

Tudo tem princípio e fim
a regra do mundo é essa
mas, entre entrada e saída,
o percurso é que interessa.

### RECADO BEM DADO

Agapanto azul
no vaso de vidro
conte seu segredo
bem no meu ouvido
diga como foi que trouxe consigo
essa cor de céu,
de ar infinito,
diga como pode ser tão delicado
sobre o talo rijo
o buquê rendado.

Agapanto azul
mistério e recado
todo ano avisa:
o verão é chegado.

## CAÍDO E CALADO

Lá embaixo
na beira do muro
há um vaso de antúrio caído.
Tombou da janela do prédio
e agora
sem água e sem gemido
morre aos poucos
esquecido.

### GOTAS DE SOL

Na beira da calha
cintilam pendentes
três puros brilhantes.
É a chuva de ontem
que a noite guardou
e agora me conta
sem voz que se ouça
que o sol já voltou.

## O BARRO NÃO BERRA

Dois dias bastam
para fino véu de lama
deitar na água do chão.

É terra do mesmo chão
que rio, riacho e ribeirão
desbarrancam das beiras
e que chega à cidade
com só abrir a torneira.

### SEM NUVENS

Uma traça cintilante
　　fura o azul
　　　　fura o azul
　　　　　　fura o azul
　　　　　　　rumo ao sul.

O avião lá no alto
leva meu pensamento
contra o vento.

## SE NINGUÉM

Coitada da árvore que cai
abatida pelo vento.
Se ninguém a levanta
e replanta
perde alento
e sua vida se vai.
Às raízes falta mão
para agarrar o chão.

# UM
# CANTAR
# CHAMA
# NO
# MATO

### CROCODILO COM ESTILO

À beira-Nilo
o crocodilo
solta um suspiro
come uma garça
esmaga um grilo
ajeita a pança
tenta um cochilo
e dorme tranquilo.

## CACHORRO, GATO, PASSARINHO

Cachorro, gato, passarinho
o cachorro abana o rabo
o ovo dorme no ninho.

Passarinho, cachorro, gato
o felino sobe o morro
um cantar chama no mato.

Gato, passarinho, cachorro
um latido rasga o sono
o dia vem devagarinho.

### FOI ASSIM, EM PEQUIM

Comi um escorpião.
Estava frito
quase decoração
do prato em que chegou,
vermelho laca
gosto de camarão
a se comer com a mão
sem garfo ou faca.

Pena, não tive não.
Com seu ferrão erguido
o animal peçonhento
não chega a ser nojento,
mas é sempre o vilão.

## MOSQUITO BEM SERVIDO

No escuro
o ataque é seguro
o inseto faminto
se atira direto
na carne que aflora
entre sono e lençol.
Do sangue indefeso
se serve até a aurora
e a farra só para
à chegada do sol.

## BELEZA VIVA

Guardo na minha mesa
um besouro morto
que é pura beleza.
Quando a vida se foi
levou-lhe o corpo,
mas deixou vivo o tesouro
da sua carapaça de esmeralda e ouro.

## QUE NEM

Essa moça
parece um passarinho
não sabe voar
mas gosta de ninho
só come migalhas
só bebe aos golinhos
só vive no ar.
E quando se cansa
a moça gracinha
descansa num fio
que nem andorinha.

# SEM ENROLAR A LÍNGUA

**ASSIM ME BASTA**

Do grilo morto
só sobrou a casca.

A vida gasta
não nos dá conforto.

O mundo é torto
mas a estrada é vasta
e quem caminha faz
sua própria festa.

## QUE BELA

A caravela
na procela
recolhe a vela
porque sem ela
melhor encara
a fúria brava
que a descabela.

## PELE E PELO

O esquimó dorme pelado
metido em peles de urso.
O urso dorme vestido
com a pele que Deus lhe deu
porque a pele dos humanos
nunca
de nada
lhe valeu.

**POEMOJO**

No banheiro entrei contente
pronta a escovar os dentes.
Mas em nojo, de repente,
desfez-se minha alegria:
na escova em cima da pia
pousava enorme barata.
Fiquei ali paralisada
hirta, muda, gelada
quase perdendo a hora.
A cascuda foi-se embora
– eu não mato nenhum bicho –
a escova joguei no lixo.
Mas depois considerei
meu terror improvidente,
vai ver que a pobre criatura
embora asquerosa e escura
estava escovando o dente.

### QUEM SERÁ?

Não tem língua nem dentes
na boca escancarada,
e as orelhas vazadas
também não têm ouvidos.

Mas tudo faz sentido
se a mão da costureira
oferece o tecido
à fome da tesoura.

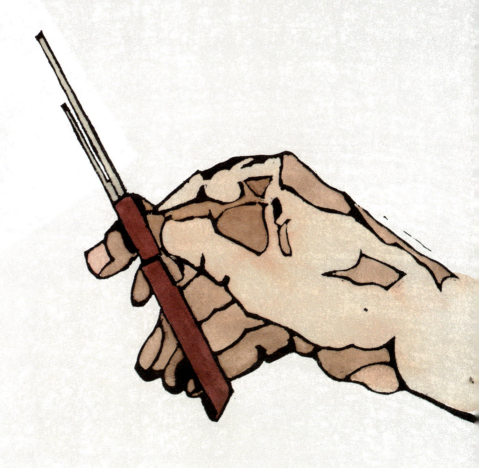

## DESAPARECIDO PÉ

Peguei um pé de sapato
ao pé da cama.
Procuro o outro pé
e me pergunto
aonde foi parar
se não sabe andar
e se nenhum outro pé
de planta
ou gente
o levou
pra passear.

### COMO DISSE?

Esterno é o osso
que segura o arcabouço.
Interno é o caroço
que garante o pêssego.

Escuto o que ouço
e se entre jantar e almoço
causo alvoroço,
o melhor que faço
é sair
        passo
                a passo.

### ÁGUA NÃO MORRE

A água que rola
pelo ralo
não morre.
A água corre
pelo caminho do ralo
para encontrar,
sem erro,
o abraço
de outras águas.

# OLHANDO DO OUTRO LADO

### QUADRO ANTIGO

Atrás do vidro
a paisagem olha
o mundo concebido
à sua semelhança e imagem.
Quer sair
mas não alcança pular fora
da moldura
e a realidade passa
enquanto ela
dura.

## BELEZA JAPONESA

Peônia rosa
recebendo a salada,
louça japonesa recém-comprada
na loja da esquina
pondo em minha mesa
a beleza
mais fina.

### DISTANTE E PRESENTE

Na minha cabeceira
habita uma cegonha
alta, branca, espigada,
que fica ali parada
nem alegre nem tristonha.
Veio de muito longe,
da África primeiro
– onde eu também nasci –
da Espanha depois,
onde a vi.
Está comigo há tempo,
fiel e companheira,
não foge
não emigra
não se vai com o vento,
é de madeira.

## A PASSO, NA PRAÇA

No alto do pedestal,
com passo certeiro e pata no ar
o cavalo da praça
leva seu cavaleiro
          pra nenhum lugar.

Os olhos abertos
no claro e no escuro
não olham à frente
nem vêm o futuro,
enxergam somente
a hora de glória
que os cravou na história.

### FISSURA POR ONDA

O garoto musculado
vai andando para a praia
levando a prancha do lado.
Mas a fissura é tamanha
que não se sabe se a leva
ou se por ela é levado.

### ESPANTALHO FALHO

Este espantalho
de galho
palha
e roupa velha
de pouco serve.
O ombro seco
virou poleiro de passarinho
no corpo oco
se aninha o vento.
Já não espanta.
Todo rasgado
meio pendente
o espantalho
no campo
é presença sorridente.

## UNICÓRNIO AZUL

O unicórnio azul da minha mesa
perdeu o chifre.
Caiu assim de repente
como cai o dente
e nem pude encontrá-lo.
Transformado em cavalo
me olha com tristeza.
Mas não há de ser nada,
arranco no jardim
o espinho da roseira
procuro a cola
e com gesto de fada
o planto como joia
em sua testa altaneira.

### FALTOU SHOW

O trovão solta sua voz
com as notas mais retumbantes
o céu até estremece
é eco pra toda parte.

Mas sem raio ou ventania
o show resulta precário
faltou iluminação
não houve coreografia.

E o trovão,
envergonhado,
mansamente
    silencia.

# FABRICO MINHA ALEGRIA

### UM SOL POUSADO

Sumarento e dourado
um sol pousa no meu prato.
Abro mão de garfo e faca
vou lhe dar um outro trato.
Afundo os dentes na polpa
caldo escorre pelo queixo
perfume alcança o nariz
me lambuzo e não me queixo
mordo, mastigo, engulo
sugo, gotejo, escorro
chupo manga e sou feliz.

## SEMPRE CONTENTE

Sopa prefiro quente
água só tomo fria
na cabeça passo pente
o rosto lavo na pia.
Acordo sempre contente
fabrico minha alegria
pois a noite espera à frente
e é melhor curtir o dia.

**MOVIMENTO PARADO**

Um peixe nada
parado
na gravura
do meu quarto.

Parado
o Sol vai no alto
cruzando o céu sem moldura.

Mas a Lua
muda de cara
pulando de quarto em quarto
até ficar bem madura.

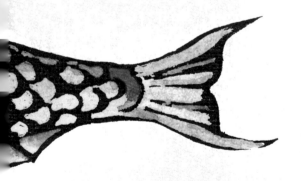

## A SAGA DA PRAGA

Arranco pragas da planta
arranco pragas da grama
da linguagem praga arranco.

Sou maluca? Não me manco?
Toda praga é resistente
por sua própria natureza
não desiste, volta sempre,
isso é mais que uma certeza.

Mas há um ponto nesta história
que à insistência dá sentido,
pegar praga pela cauda
não é apenas divertido,
é o começo da vitória.

## OUTRA MEDIDA

Prato cheio
para mim é muito,
sobremesa
para mim é pouco.
Mas não há muito nem pouco.
Na mesa
como na vida
a justa medida
fica
entre a fome
e a comida.

### NEM TÃO CERTA

O que será
que enguiçou
nos mecanismos
da noite?

Ou fui eu
que embaralhei
a ordem certa do sono?

Sei que o galo não cantou
nem fez-se ao largo a traineira
e a lua teve quatro quartos
nova
    alfanje
        meia
           e inteira.

**Marina Colasanti** nasceu na Eritreia, país africano à beira do Mar Vermelho, e morou na Líbia, país africano à beira do Mediterrâneo. Depois cruzou o mar e foi viver na Itália, mas só até os 10 anos, quando cruzou o oceano e veio viver no Brasil. Aqui estudou pintura e cursou Belas Artes, o que faria dela, mais adiante, a sua própria ilustradora. Porém, mais uma vez, mudou o rumo da sua vida e foi ser jornalista.

Foto: Frederico Mendes

Trabalhou em jornais e em muitas revistas, foi âncora e apresentadora em televisão, foi publicitária. Agora escreve seus livros de prosa e de poesia para adultos e crianças, faz traduções, lê muito, desenha e viaja, viaja e mais viaja. Dizem que cozinha muito bem.

Copyright do texto e das ilustrações © Marina Colasanti, 2017
Copyright do design © Raquel Matsushita, 2017

Todos os direitos reservados. Nenhuma parte desta obra, protegida
por copyright, pode ser reproduzida, armazenada ou transmitida,
de alguma forma ou por algum meio, seja eletrônico ou mecânico,
inclusive fotocópia e gravação, ou por qualquer outro sistema de
informação, sem prévia autorização por escrito da editora.

**Consultoria editorial** Anna Rennhack
**Revisão** Karina Danza
**Projeto gráfico e capa** Raquel Matsushita
**Diagramação** Cecilia Cangello | Entrelinha Design

CIP-BRASIL. CATALOGAÇÃO NA PUBLICAÇÃO
SINDICATO NACIONAL DOS EDITORES DE LIVROS, RJ

C65t

Colasanti, Marina
Tudo tem princípio e fim / [texto e ilustração] Marina Colasanti. -
1. ed. - São Paulo : Escarlate, 2017.
80 p. : il. ; 23 cm.

ISBN 978-85-8382-059-8

1. Poesia infantojuvenil brasileira. I. Título.

| 17-42986 | CDD: 028.5 |
| | CDU: 087.5 |

Este livro segue o Novo Acordo Ortográfico da Língua Portuguesa.

Direitos reservados para todo o território nacional pela
SDS Editora de Livros Ltda.
Rua Mourato Coelho, 1215 (Fundos) – Vila Madalena – CEP: 05417-012
São Paulo – SP – Brasil – Tel./Fax: (11) 3032-7603
www.brinquebook.com.br/escarlate – edescarlate@edescarlate.com.br

Este livro foi composto no estúdio Entrelinha Design e impresso em cartão 300 g, na capa, e em couchê fosco 150 g, no miolo, em agosto de 2017, na Brasilform Gráfica e Editora, Cotia, São Paulo.